"Os maravilhosos livros da série *Esquisita!* são um excelente auxílio, na construção das habilidades sociais da criança, para tratar do *bullying* e para preveni-la contra isso."
— **Trudy Ludwig,** defensora das crianças e autora *best-seller* de *Confessions of a Former Bully*

"Eu amo esta série. As crianças, com certeza, vão ter empatia pelos personagens e reconhecer seu próprio poder para impedir o *bullying*."
— **Dra. Michele Borba,** especialista em crianças, internacionalmente reconhecida, e autora do *The Big Book of Parenting Solutions*

"Os personagens bem-desenhados têm problemas reais com... soluções críveis. Esta [série] deveria estar presente em cada biblioteca escolar."
— **Kirkus**

"Os livros funcionam como títulos separados, mas são muito mais eficientes quando utilizados em conjunto para criar uma visão completa de como os personagens principais estão se sentindo e dos outros eventos que ajudam a definir seus papéis."
— **School Library Journal**

"Uma excelente ferramenta para ensinar aos jovens em período escolar boas técnicas de saúde mental e também como eles podem sobreviver ao *bullying*, superando-o."
— **Children's Bookwatch, Reviewer's Choice**

"Uma ótima maneira de iniciar discussões."
— **Booklist**

"Incrivelmente esclarecedor... Um item essencial para educadores."
— **Imagination Soup**

Dados Internacionais de Catalogação na Publicação (CIP)
(Câmara Brasileira do Livro, SP, Brasil)

Frankel, Erin
    Esquisita! : uma história sobre como impedir o bullying nas escolas / por Erin Frankel ; [ilustrado por Paula Heaphy ; tradução Antonio Tadeu, Helcio de Carvalho]. -- 1. ed. -- São Paulo : Mythos Books, 2018.

    Título original: Weird!
    ISBN 978-85-7867-379-6

    1. Bullying - Literatura juvenil 2. Bullying nas escolas 3. Conflito interpessoal I. Heaphy, Paula. II. Tadeu, Antonio. III. Carvalho, Helcio de. IV. Título.

18-19531   CDD-028.5

Índices para catálogo sistemático:

1. Bullying : Literatura juvenil   028.5

Iolanda Rodrigues Biode - Bibliotecária - CRB-8/10014

Esquisita!

Uma história sobre como impedir o *bullying* nas escolas

por Erin Frankel

ilustrado por Paula Heaphy

Agradecimentos

Nossos agradecimentos calorosos à Judy Galbraith, à Meg Bratsch, ao Steven Hauge, à Michelle Lee Lagerroos e à Margie Lisovskis, da editora Free Spirit, pelo conhecimento, suporte e dedicação por tornar o mundo um lugar melhor para os jovens. Nossa especial gratidão à Kelsey, à Sofia e à Gabriela, pelo entusiasmo e pelas ideias, durante a criação deste livro. Nosso muito obrigado a Naomi Drew, pela ajuda com seus comentários. Obrigada também ao Alvaro, ao Thomas, à Ann, ao Paul, ao Ros, à Beth e a toda nossa família e aos amigos, pelos *insights* criativos e pelo encorajamento.

ESQUISITA!

Erin Frankel
ROTEIRO

Paula Heaphy
ILUSTRAÇÕES

MYTHOS EDITORA LTDA.
Diretor Executivo Helcio de Carvalho **Diretor Financeiro** Dorival Vitor Lopes

REDAÇÃO:
Editor Antonio Tadeu **Co-Editor** Nilson Farinha **Coordenador de Produção** Ailton Alípio
Tradução Antonio Tadeu e Helcio de Carvalho **Revisão** Dagmar Baisigui

ESQUISITA! é uma publicação licenciada pela Mythos Books, um selo da Mythos Editora Ltda. Redação e administração: Av. São Gualter, 1296, São Paulo, SP, Brasil, CEP 05455-002. Fone/fax: (11) 3024-7707. Data da primeira edição: novembro de 2018. Todos os direitos reservados. Originalmente publicado nos Estados Unidos por Free Spirit Publishing Inc., Minneapolis, Minnesota, U.S.A., http://www.freespirit.com, sob o seguinte título *Weird!* © 2013, 2018 por Erin Frankel e Paula Heaphy. Direitos Reservados. © Mythos Editora 2018. Todos os direitos reservados.

Copyright © 2018 by Erin Frankel/Paula Heaphy
Original edition published in 2013 by Free Spirit Publishing Inc., Minneapolis, Minnesota, U.S.A., http://www.freespirit.com under the title: *Weird!* All rights reserved under International and Pan-American Copyright Conventions.

Personagens, nomes, eventos e locais presentes nesta publicação são inteiramente fictícios. Qualquer semelhança com a realidade é mera coincidência. É proibida a reprodução total ou parcial desta obra, em mídias tanto impressas quanto eletrônicas, sem a permissão expressa e escrita da Free Spirit Publishing e a dos editores brasileiros, exceto para fins de resenha.

Dedicado a todas
as crianças, aos jovens
e aos adultos que já foram vítimas
de *bullying*. Não percam de vista
quem vocês são.

Conheçam a si mesmos.

Sejam vocês mesmos.

E nunca deixem que ninguém
faça pouco das bolinhas de
que você tanto gosta.

NÃO SOU BOA O BASTANTE

NINGUÉM GOSTA DE MIM

SOU ESQUISITA!

Oi. Meu nome é Luísa e eu tô com um problema. Tem uma menina na minha classe chamada Sam que, para qualquer coisa que eu faço, ela me chama de

ESQUISITA!

Eu levanto minha mão para responder a uma pergunta de matemática, e ela diz que sou ESQUISITA.

Acho que vou guardar minhas respostas para mim mesma.

Eu tento contar uma **piadinha** no almoço, e ela diz que eu sou...

ESQUISITA!

Acho melhor eu nunca dizer nada.

Eu beijo minha **mãe** quando ela me pega na escola, e a Sam diz que eu sou...

ESQUISITA!

É melhor a mamãe
me esperar no carro.

"¡Hola Papá!"

"Esquisita!"

Eu digo alguma coisa em espanhol pro meu pai, e ela fala que sou **ESQUISITA**.

"Oi, pai."

Acho que, de agora em diante, só vou falar **"Oi, pai"**.

"Esquisita!"

Eu uso minha bota de bolinhas favorita,
e ela diz que sou ESQUISITA.

"HA HA HA HA HA!!!"

Nunca mais vou usar essa bota.

É estranho.
Eu vivo **mudando** o que faço, só que ela nunca muda nada.

Continua dizendo que eu sou **ESQUISITA**.

Parece que **esquisita** é a única palavra que ela conhece, e eu não sei palavra nenhuma.

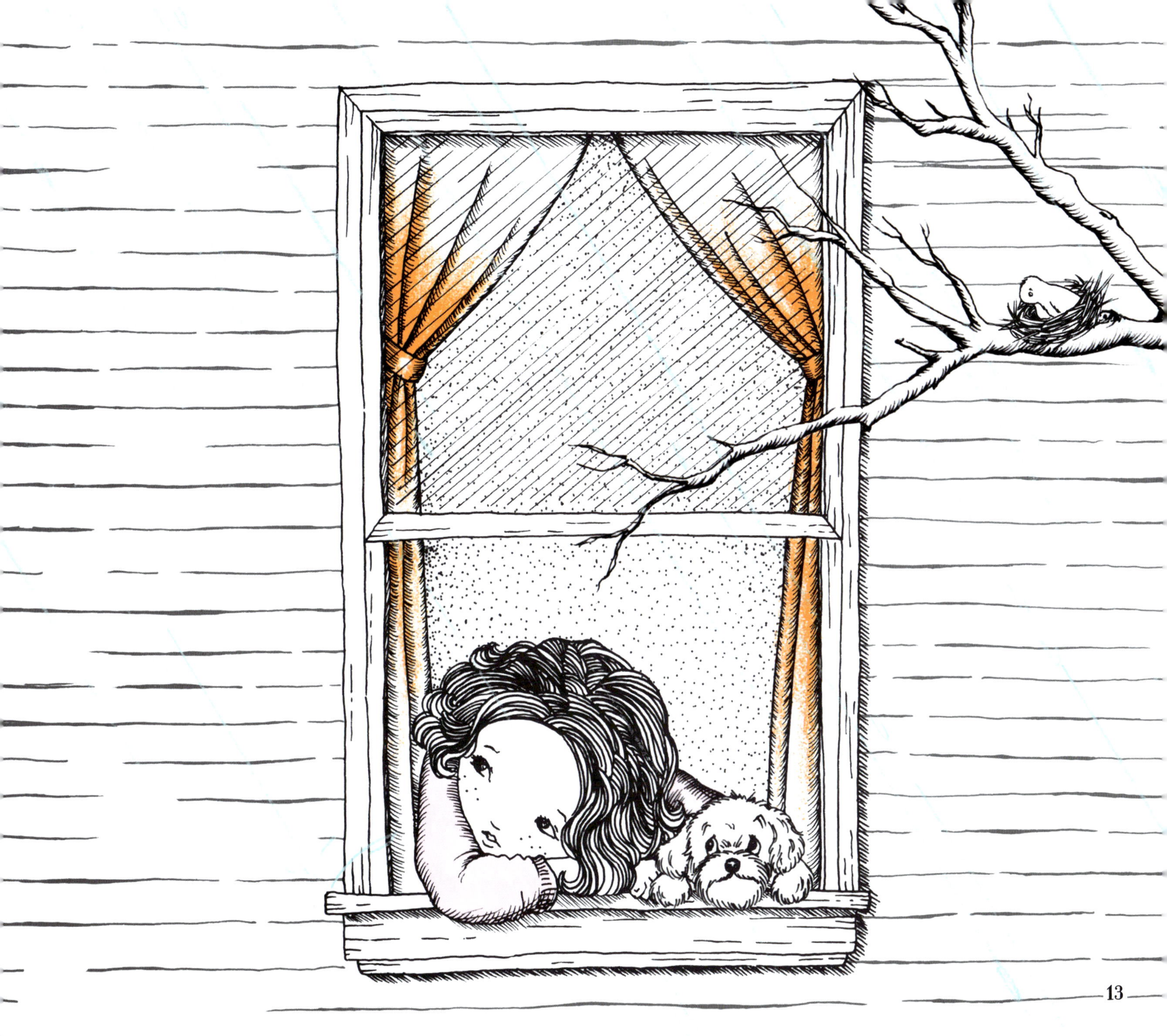

"Cadê as suas bolinhas, Luísa?"

Eu sinto que nem sou mais **eu mesma**.

"O que aconteceu, querida?"

"Sinto falta das suas piadinhas, Luísa."

"Você tá bem, Luísa?"

"Está se sentindo bem, Lu?"

Todo mundo **sente falta** do jeito que eu era. Todo mundo mesmo, inclusive **eu**.

Com quem eu devo falar?

O que vou dizer?

O que eu fiz pra merecer isso?

Queria que tudo **sumisse**.

"Mãe, eu tô com um problema. Tem uma menina na escola que é muito malvada comigo..."

"Isso não é culpa sua, Luísa. Você é maravilhosa do jeitinho que é."

"Encontrei as suas botas."

Depois de falar com a mamãe, eu fiquei pensando: Talvez seja hora de **mais uma mudança.**

19

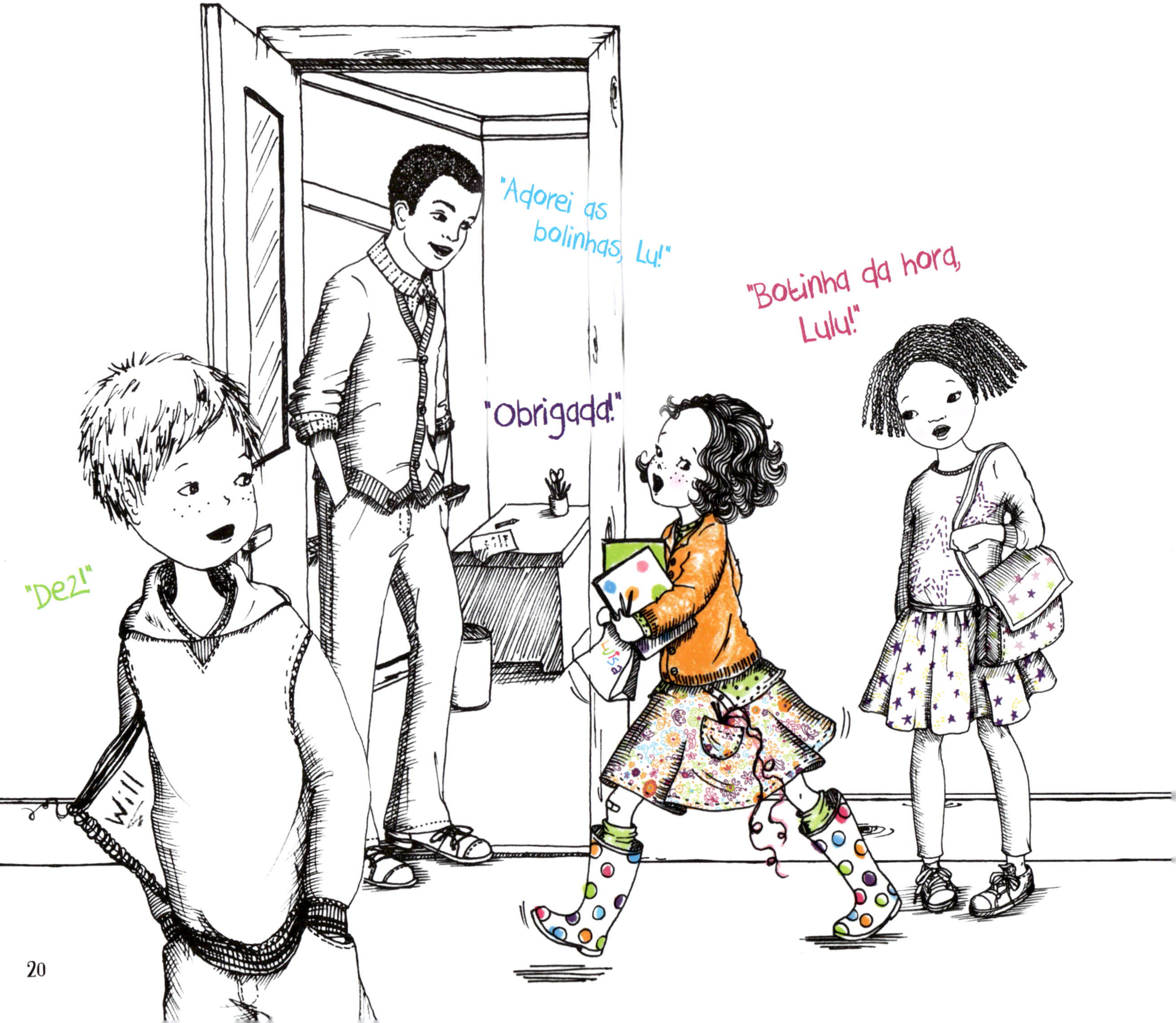

Então eu voltei a usar minha bota de bolinhas **favorita**. Só que, dessa vez, antes que a Sam pudesse dizer qualquer coisa, eu falei: "É bom demais usar esta bota de novo!"

PARE O BULLYING

Contei outra piadinha no almoço e morri de rir com meus amigos. Quando ela disse **"ESQUISITA"**, eu continuei rindo.

"Esquisita."

"Legal que vocês acharam a piada engraçada."

Eu **não** escondo meus sentimentos quando **acerto** a resposta em matemática.

Falei pro meu pai que o amava em **espanhol**.

"¡Te quiero muchííísimo, papá!"

"Senti saudade de você, mamãe!"

Eu disse pra minha mãe **como** tava **feliz** por ela ter ido me buscar na escola.

"Até mais, Sam."

Eu descobri uma coisa muito **incrível!**

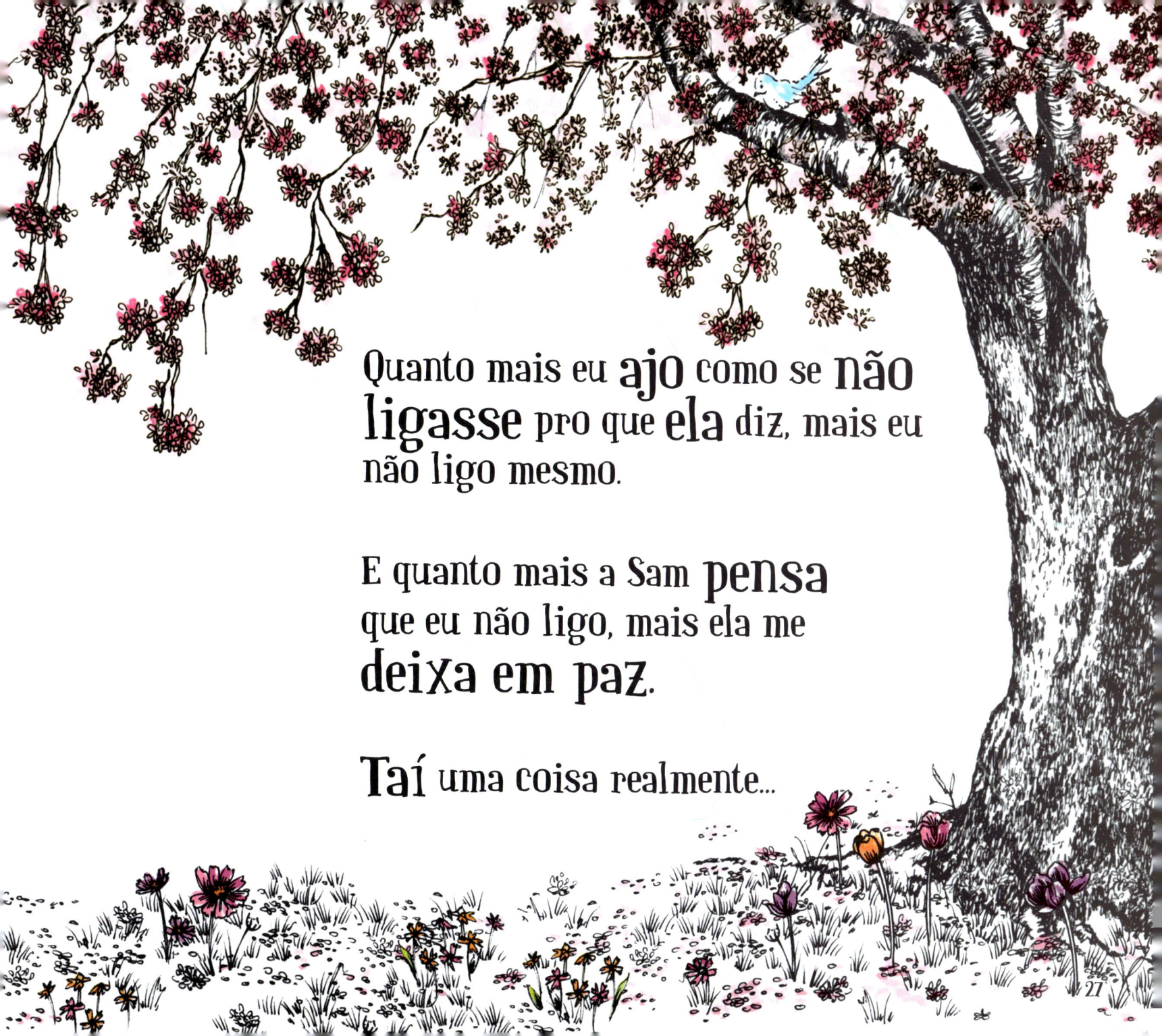

Quanto mais eu **ajo** como se **não ligasse** pro que **ela** diz, mais eu não ligo mesmo.

E quanto mais a Sam **pensa** que eu não ligo, mais ela me **deixa em paz**.

Taí uma coisa realmente...

EsQ

¡iSITA!

Acho
que vou ser
eu mesma
de agora em
diante!

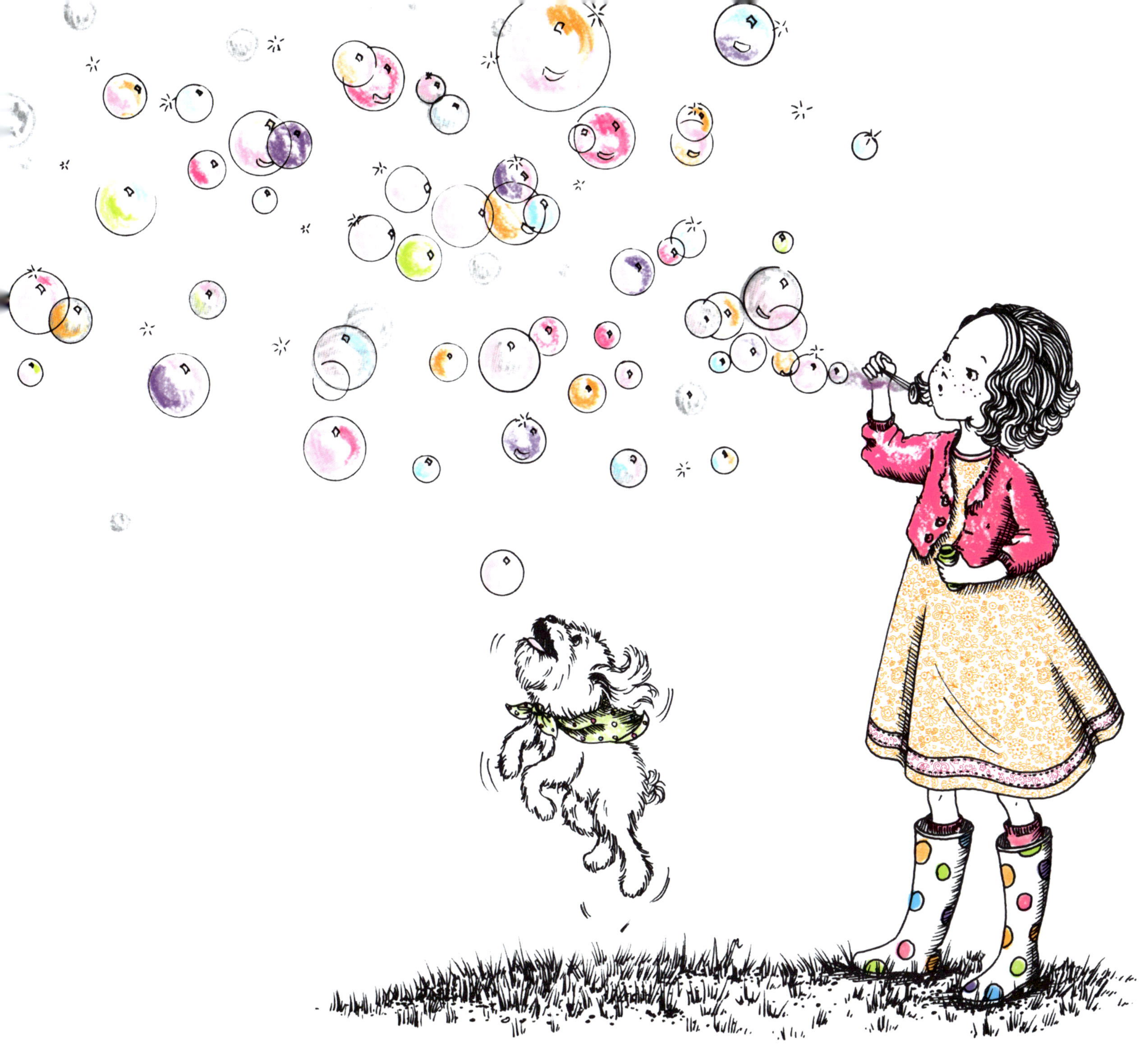

Anotações da Luísa

Nossa, como fiquei feliz de estar com minhas bolinhas de novo — e elas não são nem um pouco *esquisitas!* Aqui estão algumas coisas de que eu posso sempre me lembrar para não ficar mais sem elas:

Esses problemas podem ser resolvidos, lembrando que existe gente que se preocupa com você. É só pedir ajuda, como eu fiz.

Quando me sinto nervosa, assustada ou triste, posso me lembrar de coisas legais.

Independentemente do que eu sinto, não tenho culpa se alguém resolve fazer *bullying* comigo.

Simplesmente não vou entregar pra mais ninguém o poder de tirar de mim o que me faz especial.

Tanto eu quanto qualquer outra pessoa temos o direito de nos sentir seguras e respeitadas.

Anotações da Sam

Eu ofendia a Luísa quando a chamava de "esquisita", mas agora ela parece feliz e confiante... o que faz eu me sentir menos poderosa que antes. Algumas coisas em que estive pensando:

Depois que a Luísa começou a agir com confiança, eu parei de sentir que tinha poder sobre ela.

Uma vez que a pessoa começa a me ignorar, o *bullying* deixa de ser divertido.

Rejeitar os outros só porque são diferentes fez todo mundo ficar me achando malvada.

Ouvir e ver os outros defendendo a Luísa me fez parar e pensar sobre o que eu estava fazendo.

Não acho mais que o *bullying* vai me dar o que eu quero.

Assumir que meu comportamento está errado não vai ser fácil, mas talvez valha a pena.

Anotações da Jayla

Fiquei tão feliz que a Luísa voltou a ser como era. Agora sei que posso aceitar o desafio de defender alguém que está sofrendo *bullying*. Aqui estão outras coisas que eu aprendi quando ficava assistindo ao *bullying*:

Deixar de ficar só olhando o *bullying* e defender o outro pode ser difícil no começo, mas faz a gente se sentir melhor depois.

Saber pedir ajuda aos outros faz muita diferença.

Ficar encorajando a Luísa a confiar em si mesma ajudou a Sam a parar de fazer *bullying* com ela.

Os verdadeiros amigos defendem um ao outro.

Entre para o Clube da Confiança de Luísa

Agir com confiança nem sempre é fácil. Mas quanto mais você praticar, melhor vai ficar. Eu descobri que posso fazer algumas mudanças bem simples para parecer, para falar e para me sentir mais confiante. Eu posso...

- Ficar de cabeça erguida e com os ombros firmes.
- Olhar os outros nos olhos — e *não* para baixo, para o chão.
- Falar com clareza para as pessoas me entenderem.
- Sorrir e dar risada quando quiser!
- Sair andando com calma quando não gostar do que está acontecendo.
- Contar para um adulto ou para alguém em que eu confie, quando precisar de ajuda.*

Confiança significa acreditar em si mesmo e em suas capacidades.

*Contar x Fofocar

Explique para as crianças a importante diferença entre fofocar sobre uma pessoa em relação a algo pequeno (como cutucar o nariz ou furar uma fila) e contar para um adulto quando alguém precisa de ajuda. Pense nisto: "Se estivesse sofrendo *bullying*, não iria querer que alguém ajudasse você?"

Enquanto vou fazendo todas essas coisas *por fora*, também faço umas mudanças *por dentro*. Em vez de ficar pensando em coisas ruins e negativas que fazem me sentir nervosa, penso em coisas positivas pra ficar mais calma e confiante. Estas são as coisas que passam na minha cabeça quando a Sam está por perto:

"Vou sair andando e não escutar o que ela está dizendo."

"Não vou deixar que ela estrague meu dia."

"Eu sou calma e confiante."

"Não estou nem aí para o que ela pensa."

"Muita gente gosta de mim do jeito que eu sou."

"Eu sempre posso pedir ajuda, caso precise."

Você consegue pensar em outras maneiras de parecer e de se sentir confiante? Compartilhe com seus amigos e colegas de classe!

Clube da Confiança: Transforme seus pensamentos

Você pode me ajudar a transformar pensamentos negativos em positivos? É mais fácil do que você imagina!

1. Recorte oito círculos em folhas de papel. Vão ser as suas bolinhas.
2. Encontre quatro dos meus pensamentos negativos no livro e escreva-os em quatro bolinhas.
3. Para cada pensamento negativo, pense em um positivo e o anote nas outras quatro bolinhas. Então, pinte e decore as bolinhas positivas.
4. Amasse todas as bolinhas com pensamentos negativos e jogue-as na lata de reciclagem de papel.
5. Agora vamos fazer bom uso das bolinhas positivas! Decore seu quarto com elas, faça um móbile ou cole essas bolinhas em um cartão para alguém.

Em seguida, tente transformar os seus pensamentos negativos em positivos. Com um pouco de prática, logo você vai pensar positivamente!

Clube da Confiança: Dê um passo na direção certa

No começo, eu fiquei nervosa por colocar de novo minha bota de bolinhas. Fiquei imaginando o que a Sam iria dizer quando eu passasse perto dela. Mas, quando decidi me afastar da Sam e caminhar para junto das pessoas que gostam de mim, não foi difícil dar um passo na direção certa!

A gente nunca sabe quando alguém pode precisar de ajuda para dar o passo na direção certa. Por que não faz um pôster para mostrar que você se importa com os outros?

1. Escreva "Dê um passo na direção certa", na parte de cima de uma cartolina.
2. Contorne duas vezes cada um dos seus pés na cartolina. Desenhe você perto da última pegada.
3. Escreva, desenhe ou cole mensagens de carinho dentro de suas pegadas. Se quiser, você pode usar algumas das mensagens de carinho que eu recebi neste livro.
4. Dê o pôster para um amigo ou amiga e mostre como dar um passo para longe de quem implica com eles e como dar um passo na direção de quem se importa com eles: você!

Você consegue pensar em mais atividades divertidas que a gente possa fazer no Clube da Confiança? Compartilhe todas elas com seus colegas de classe e com seus amigos.

"Sinto falta das suas piadinhas."

"Você é maravilhosa do jeitinho que é."

"Adorei essas bolinhas!"

"Não é culpa sua."

Um recado para os pais, para os professores e para os adultos solidários

Todos os dias, milhões de crianças são submetidas a *bullying* nas formas de palavrões, de ameaças, de xingamentos, de menosprezo, de provocações, de fofocas e de insultos raciais — e muitas outras presenciam isso. O *bullying* verbal, que pode começar até mesmo na pré-escola, constitui 70% dos abusos reportados e, com frequência, é o primeiro passo para outros tipos de agressão, inclusive física, relacional e *bullying* online. Palavras maldosas, tanto faladas como escritas, ferem o sentimento das crianças, deixando nelas medo, vergonha e dúvidas. Como adultos atenciosos, como poderemos ajudar essas crianças a se sentirem respeitadas, confiantes e seguras com o que são?

Podemos começar, responsabilizando a criança que pratica o *bullying* e, ao mesmo tempo, servir como exemplo para ela, encorajando-a para escolhas positivas. Podemos ajudar observadores a explorar maneiras seguras e efetivas de ajudar quem está sofrendo *bullying*. E, por meio de histórias como *Esquisita!*, é possível ajudar crianças como a Luísa, alvos de *bullying*, a pedir ajuda e a entender como palavras sobre si mesmas — repetidas em seus monólogos internos — são capazes de anular comentários maldosos vindo de outros. Simples mudanças no jeito de pensar e de agir podem ter impacto positivo na autoestima e influenciar o resultado dos *bullyings*.

Perguntas sobre *Esquisita!*

A história contada em *Esquisita!* ilustra uma situação fictícia, mas com a qual muitas crianças irão se identificar, mesmo que suas experiências tenham sido diferentes. A seguir, estão algumas perguntas e atividades para encorajar a reflexão e o diálogo sobre o que foi visto no livro. Fazer referência aos personagens principais, usando seus nomes, pode ajudar a criança a criar ligações: Jayla é quem fica assistindo ao *bullying*, Sam é quem o pratica e Luísa é o alvo dele.

> *Importante:* **Bullying Online (também chamado de *cyberbullying*) é uma ameaça real entre crianças do ensino fundamental, dado o crescente uso de *smartphones* e de computadores, tanto na escola como em casa. Também é o tipo mais difícil de *bullying* para ser contido, já que é menos aparente. Tenha certeza de incluir *cyberbullying* em todas as suas discussões sobre o tema com as crianças.**

Página 1: Como você imagina que a Luísa está se sentindo? Por que acha que ela se sente assim?

Páginas 2-11: O que a Luísa faz depois que Sam a chama de "esquisita"? Por que você acha que ela faz aquilo? Quem são os outros personagens da história? O que eles estão fazendo quando Sam faz *bullying* com a Luísa? O que você faria se visse alguém sendo tratado daquele jeito?

Páginas 12-13: Luísa diz "Parece que *esquisita* é a única palavra que ela conhece, e eu não sei palavra nenhuma." O que você acha que ela quer dizer com isso?

Páginas 14-15: Luísa parece diferente na página 14? Por quê? Quem são os personagens naquelas duas páginas e por que eles são importantes?

Páginas 16-17: É difícil para a Luísa pedir ajuda? Por quê? A quem você pode pedir ajuda se estiver sofrendo *bullying*? (**Observação:** *Muitas crianças sofrem em silêncio quando são alvos de bullying, pois não sabem como pedir ajuda ou o que dizer. Elas podem até sentir que merecem o bullying, achar que os outros não vão acreditar nela, pensar que vão ter problemas ou temer retaliações por quem está fazendo bullying com elas. Assegure as crianças de que, embora possa ser difícil, é importante pedir ajuda, quantas vezes for preciso, para encerrar um bullying.*)

Páginas 18-19: O que Jayla (a menina ao fundo) está fazendo com as botas da Luísa na página 18? Por quê? O que a Luísa está fazendo com todos os pensamentos negativos que escreveu antes e por quê?

Nota: A atividade na página 36 ensina as crianças a transformar pensamentos negativos em positivos. Esse processo pode ser complexo, por isso, procure guiá-las em todos os passos.

Páginas 20-21: O que os outros personagens, no corredor, estão fazendo e dizendo? Como você acha que isso faz a Luísa se sentir? Como acha que isso faz a Sam se sentir?

Páginas 22-25: O que há de diferente, na Luísa, nessas páginas? O que há de diferente na Sam? Por que você acha que a Sam faz *bullying?* Por que outras crianças fazem *bullying?* Por que é errado fazer *bullying?*

Páginas 26-31: O que a Luísa descobre? Que coisas você pode fazer para se sentir e parecer mais confiante? Vamos ensaiá-las!

Geral: Com qual personagem em *Esquisita!* você mais se parece e por quê? O que você gostaria de dizer para esse personagem?

Questões para discussão adicional, atividades e sugestões sobre a série *Esquisita!* estão disponíveis para educadores no **Guia de Leitura,** que pode ser baixado no site esquisita-aserie.com.br

Esquisita!, a série

A série de livros *Esquisita!* oferece ao leitor a oportunidade de explorar três perspectivas diferentes sobre *bullying*: a visão da vítima, no volume *Esquisita!;* a de quem observa o *bullying,* no volume *Desafio!;* e a da criança que pratica o *bullying,* no volume *Durona!*. Cada livro pode ser empregado de modo independente ou junto com os demais, criando uma conscientização maior sobre o tema. Envolver as crianças em discussões sobre *bullying* ajuda na prevenção dele. Se você estiver fazendo uso da série completa, considere realizar as seguintes atividades com os jovens leitores:

Atividade: Todo mundo tem um papel

Discuta com as crianças como nós todos temos um papel a desempenhar quando se trata de acabar com o *bullying*. Considere como foi fácil para a Luísa voltar a se sentir bem consigo mesma, tendo o apoio de sua família, de professores, dos colegas de classe e dos amigos. Em pequenos grupos, ou com a classe toda, interprete a história de Luísa.

Atividade: Momentos memoráveis

Peça para as crianças dobrarem um pedaço de papel em três partes e escreverem, em cada um deles, os três títulos dos livros: *Esquisita!, Desafio!* e *Durona!*. Em cada parte correspondente, peça para que desenhem os momentos que consideram mais importantes em cada um deles. Motive as crianças a compartilhar seus desenhos e a explicar por que aqueles momentos são memoráveis.

Atividade: Círculo da Coragem

Peça para as crianças escolherem atitudes corajosas dos personagens que ajudaram a fazer diferença para Luísa, para Jayla e para Sam. Cole um grande círculo de papel no quadro de avisos ou no quadro-negro e escreva "Círculo da Coragem" no centro. Coloque, perto do círculo, um recipiente cheio de bolinhas, de estrelas e de corações coloridos de papel. Diga para as crianças colocarem as formas no círculo sempre que presenciarem um ato de coragem capaz de ajudar a prevenir ou deter algum *bullying*.

Atividade: O que vem a seguir?

Esquisita!, Desafio! e *Durona!...* O que vem a seguir? Peça para as crianças imaginarem o que acontece com os personagens no próximo livro. Encoraje-as a falar sobre os personagens principais: Luísa, Jayla e Sam, bem como os coadjuvantes: Emily, Thomas, Patrick, Will, Sr. C. e Alex. Então, motive as crianças a criarem e a apresentarem o título de seu próprio livro, bem como o enredo.

Sobre a autora e a ilustradora

Erin Frankel tem mestrado em estudo de Inglês e é apaixonada por competências parentais, por educação e por escrever. Ela ensinou Inglês em Madrid, na Espanha, antes de se mudar para Pittsburgh, com seu marido Alvaro e as três filhas, Gabriela, Sofia e Kelsey. Erin sabe, por experiência própria, o que é sofrer *bullying* e espera que sua história ajude as crianças a ser conscientes e a acabar com o *bullying*. Ela e Paula Heaphy, sua amiga de longa data, acreditam no poder da gentileza e sentem-se agradecidas de poder divulgar essa mensagem por meio destes livros. Em seu tempo livre, Erin, com sua família e com sua cachorra Bella, costuma fazer trilhas pela floresta e adora escrever sempre que possível.

Paula Heaphy é uma designer têxtil na indústria da moda. Ela gosta de explorar todos os meios artísticos, desde vidraçaria até confecção de sapatos, mas sua mais recente paixão é desenhar. Ela abraçou a chance de ilustrar histórias de sua amiga Erin, também por ter sofrido *bullying* quando criança. Conforme a personagem Luísa foi ganhando vida no papel, Paula sentiu seu caminho na vida mudar de rumo. Ela mora no Brooklyn, em Nova York, onde espera usar sua criatividade para iluminar o coração das crianças por muitos e muitos anos.

Esquisita!, a série

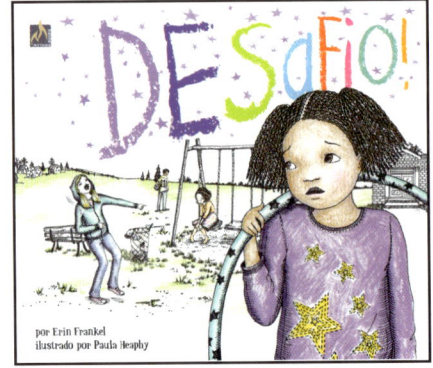

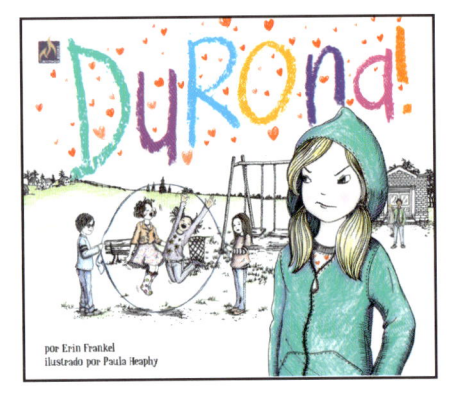

Escritos por Erin Frankel, ilustrados por Paula Heaphy.
48 páginas.

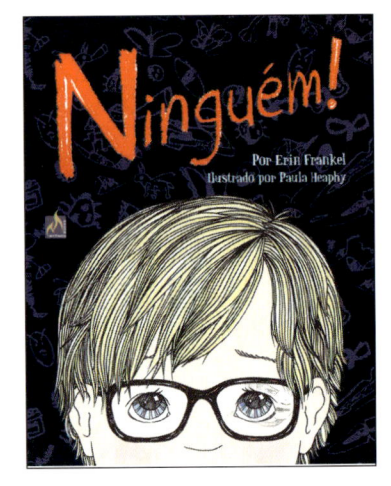

Grátis para download **Guia de Leitura**, disponível em *esquisita-aserie.com.br*